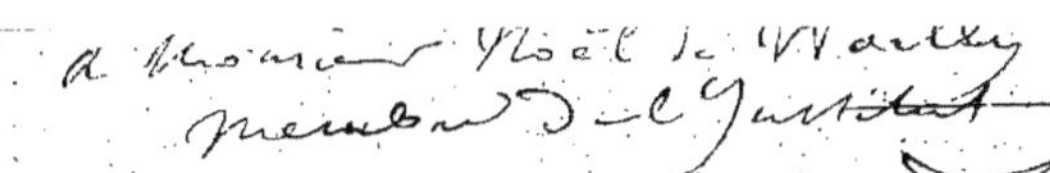

DISSERTATION

SUR

LE RHYTHME

CHEZ LES ANCIENS,

Par A.-J.-H. VINCENT.

(EXTRAIT DU JOURNAL DE L'INSTRUCTION PUBLIQUE, DU 3 DÉCEMBRE 1845.)

PARIS,

IMPRIMERIE ADMINISTRATIVE DE PAUL DUPONT,

RUE DE GRENELLE-SAINT-HONORÉ, N° 55.

1845

DISSERTATION

SUR LE RHYTHME

CHEZ LES ANCIENS,

PAR A.-J.-H. VINCENT.

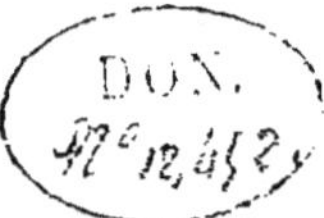

De combien de travaux la *Métrique* des anciens n'a-t-elle pas été l'objet, depuis Héphestion jusqu'à Hermann ? La *Rhythmique*, au contraire, est à peine connue, même de nom. Et cependant, le rhythme n'est-il pas, comme le dit Longin (frag. III), « la vie et « l'âme du mètre ? » Aussi les anciens y attachaient-ils une haute importance : car c'était, suivant eux, la partie la plus virile de la musique et de la poésie chantée. *Le rhythme*, disaient-ils dans leur énergique langage, *le rhythme est le mâle, la mélodie n'est que la femelle :* Τινὲς δὲ τῶν παλαιῶν τὸν μὲν ῥυθμὸν ἄρρεν ἀπεκάλουν, τὸ δὲ μέλος θῆλυ (Aristide Quint. p. 43 (1)).

C'est pour tâcher de remplir une lacune si fâcheuse, que nous allons présenter, d'après les auteurs anciens, un résumé de la doctrine du rhythme.

Burette, qui s'était déjà occupé de ce sujet dans le siècle dernier, nous a laissé, dans les tomes V (p. 152) et XVII (p. 107) des anciens *Mémoires de l'Académie des inscriptions et belles-lettres*, deux

---

(1) Cf. aussi la page 90.

Dissertations sur le rhythme de l'ancienne musique (1); mais, depuis lors, un grand nombre de documents nouveaux ont été recueillis, qui doivent nous mettre à même de traiter la question beaucoup plus complétement que ne pouvait le faire le docte académicien. Je rappellerai même à ce sujet, que le traité manuscrit publié pour la première fois en 1841 par M. Bellermann, sous le titre : Ἀνωνύμου σύγγραμμα περὶ μουσικῆς, et sur lequel j'avais moi-même, dès cette époque, exécuté un travail que l'on trouvera dans le tome XVI des *Notices et extraits des manuscrits*, etc., cet écrit, dis-je, s'annonce comme un *Traité* spécial *du rhythme*, quoiqu'en réalité toutes les parties de la musique ancienne y soient passées en revue. Mais il est vrai de dire néanmoins que la doctrine du rhythme y est exposée avec des développements que l'on ne rencontre nulle part ailleurs, puisque c'est le seul ouvrage où l'on trouve les signes de la notation rhythmique des anciens, ce qui lui donne une importance et un intérêt qui ont été bien appréciés par *Perne* dans le tome XIV de la *Revue musicale* de M. *Fétis* (p. 353).

Ces préliminaires établis, je dirai que *deux causes* me paraissent avoir jusqu'à ce jour empêché que l'on ne se fît, particulièrement en France, des idées nettes sur le rhythme musical des anciens : la première, que l'on n'a pas assez remarqué la *différence* capitale qui existe *entre la métrique et la rhythmique*; la seconde, que l'on a trop confondu *divers genres de rhythme* qui cependant sont très-distincts.

Quant au premier point, *la distance qui sépare le rhythme du mètre*, cette différence consiste principalement en ce que, dans le mètre, on n'admet que deux sortes de syllabes : les *brèves*, comptant pour 1 temps, et les *longues*, doubles des premières, et valant par conséquent 2 temps; au lieu que, dans le rhythme, les syllabes peuvent acquérir des valeurs de 3 temps, de 4 temps, même de 1 temps $\frac{1}{2}$, 2 temps $\frac{1}{2}$, etc. En deux mots : dans le rhythme, les

---

(1) Cf. aussi Isaac Vossius : *De poematum cantu et de viribus rhythmi* (Oxford, 1673); et Cleaver : *De rhythmo Græcorum* (Oxford, 1789).

syllabes longues peuvent être plus ou moins longues, et les syllabes brèves, être plus ou moins brèves.

Pour démontrer ces propositions, les autorités fourmillent; bornons-nous à quelques citations :

ARISTIDE QUINTILIEN (p. 32 et 33) : *Le premier temps est le temps indivisible et le plus court de tous, que l'on nomme point...... Le temps composé est celui que l'on peut partager; il est tantôt double du premier, tantôt triple, tantôt quadruple : car le temps rhythmique va jusqu'à quatre.*

LE SCOLIASTE D'HÉPHESTION (p. 150 de l'éd. de Gaisford) : *Il faut savoir que les rhythmiciens comprennent le temps tout autrement que les métriciens........ Ainsi, les rhythmiciens disent que tel temps long est plus long que tel autre, que telle syllabe vaut deux temps et demi, telle autre trois temps, telle autre davantage. La syllabe ω, par exemple, est de deux temps pour les grammairiens; mais elle sera de deux temps et demi pour les rhythmiciens. Etc.*

LONGIN (frag. III) : *Le mètre diffère.... du rhythme en ceci, que le mètre n'emploie que deux temps fixes, le temps long et le temps bref,.......... tandis que le rhythme donne aux temps l'extension qu'il lui plaît, jusqu'à faire bien souvent d'un temps bref un temps long.*

DENYS D'HALICARNASSE (*De l'arrangement des mots*, § XI, p. 76 et suiv. Londres, 1728) : *Dans la musique vocale accompagnée d'instruments, ce sont les mots que l'on subordonne au chant, et non le chant que l'on soumet aux paroles....... La diction rhythmique et musicale transforme les syllabes, les allonge et les accourcit, de manière bien souvent à intervertir leurs qualités : car ce ne sont point les durées que l'on règle sur les syllabes, mais bien les syllabes sur les durées.*

Plus loin (§ XV, p. 104), le même auteur s'exprime ainsi : *La nature de la longueur et de la brièveté des syllabes n'est point absolue : car il y a des longues plus longues que d'autres longues, et des brèves plus brèves que d'autres brèves.*

Je n'ai encore cité que des auteurs grecs; les latins ne sont pas moins explicites : FAB. QUINTILIEN (Inst. Orat., lib. 9, cap. 4) compare en ces termes le mètre et le rhythme : *Omnis structura ac dimensio et copulatio vocum constat aut* NUMERIS *(*numeros* ῥυθμούς (1) accipi volo) aut* μέτρῳ, *id est* DIMENSIONE *quadam. Quod etiamsi constat utrumque* PEDIBUS, *habet tamen non simplicem differentiam : nam* RHYTHMI, *id est* NUMERI, SPATIO TEMPORUM *constant,* METRA *etiam* ORDINE : *ideoque alterum esse* QUANTITATIS *videtur, alterum* QUALITATIS.

Citons encore ce passage de VARRON, rapporté par *Diomède* (dans *Putsch*, p. 512) : *Inter rhythmum, qui latine numerus vocatur, et metrum, id interest, quod inter materiam et regulam ;* c'est-à-dire que *la mesure métrique des syllabes n'est que la matière que l'on façonne pour former la mesure musicale.*

Enfin MAXIMUS VICTORINUS (p. 1955) : *Rhythmus non metrica ratione, sed numeri sanctione ad judicium aurium, veluti sunt cantica poetarum vulgarium ;* — *Le rhythme ne s'assujettit point aux rapports métriques : la mesure qu'il suit reçoit sa sanction du jugement de l'oreille, comme on le voit dans les chansons des poëtes populaires.*

Le lecteur trouvera sans doute ces autorités plus que suffisantes pour établir le premier point, savoir : la différence essentielle qui sépare le rhythme du mètre ; je passe au second point, *la diversité des rhythmes.* Or, trois sortes principales sont à distinguer : le rhythme *oratoire*, le rhythme *musical*, et le rhythme *poétique*, intermédiaire entre les deux premiers (2) : genres qui correspondent, pour le dire en passant, aux trois genres de mouvements de la voix énumérées par *Aristide Quintilien*, savoir : le mouvement *continu*, le mouvement *discontinu*, et le mouvement *intermédiaire* ou *moyen.* Quoique le rhythme musical soit ici notre principal objet, il ne sera pas inutile de dire quelques mots des deux autres, pour faire sentir surtout en quoi ils diffèrent du premier, et en quoi les auteurs ont souvent confondu, comme appartenant aux trois espèces, ce qui n'appartient qu'à une ou à deux d'entre elles.

---

(1) Ἀριθμῶν ἤ ῥυθμῶν πέρι (Den. d'Halic., § 17). — *Numeros memini, si verba tenerem. (Virg)*

(2) L'architecture, la sculpture, etc., avaient aussi leur rhythme propre.

Relativement au second point donc, au *rhythme musical*, c'était pour les anciens exactement ce qu'est pour nous la *mesure*, c'est-à-dire *le partage de la durée du chant, de la danse, etc., en intervalles égaux et périodiquement cadencés, au moyen d'un* FRAPPÉ *ou temps* FORT, *et d'un* LEVÉ *ou temps* FAIBLE.

Voici, en effet, la définition qu'en donne ARISTIDE QUINTILIEN (p. 31) : *Le rhythme est un système d'intervalles de temps qui se suivent dans un certain ordre ; il est caractérisé par ce que nous nommons l'*ARSIS *et la* THÉSIS [*c'est-à-dire le* LEVÉ *et le* FRAPPÉ], *le* SILENCE *et le* BRUIT.

Et de même, suivant MARIUS VICTORINUS (p. 2482) : *Est arsis sublatio pedis sine sono, thesis positio pedis cum sono.*

Ainsi donc, la *thésis* correspond à ce que nous nommons le *temps fort*, et l'*arsis* au *temps faible*, comme le confirment d'ailleurs les définitions des divers pieds, données par *Aristide Quintilien* et *Bacchius*. Car, lorsque ces pieds se décomposent en parties inégales, les temps longs sont ordinairement attribués aux thésis, et les temps brefs aux arsis. Cependant, cette règle n'est pas sans exception : car, suivant *Aristoxène* (*Rhythm. elem.*, p. 288, édit. de Morelli), les pieds de trois temps en ont tantôt deux à l'arsis et un à la thésis, et tantôt un seul à l'arsis et deux à la thésis. Le premier cas est celui du rhythme *trochaïque :* il correspond à notre *mesure à trois temps syncopée ;* le second, qui correspond à notre mesure *ordinaire à trois temps*, est celui du vers *ïambique*.

Je n'insisterai pas davantage sur ces détails techniques ; mais je ne pouvais en dire moins, ayant plus loin à signaler et à justifier la différence qui existe entre le sens que je viens d'attribuer aux mots *arsis* et *thésis*, et celui que leur donnent les métriciens allemands. Or, j'ai averti plus haut qu'il fallait commencer par séparer complétement la théorie du rhythme musical de celles du rhythme oratoire, du rhythme poétique, et de tous leurs intermédiaires ; et cependant, c'est sur une confusion de choses aussi différentes que la théorie allemande est établie, comme la suite va le faire voir.

Le rhythme poétique *pur* est celui qui convient aux vers héroïques, élégiaques, ïambiques purs, etc.; les brèves y comptent rigoureusement pour 1 temps, et les longues pour 2 ; l'arsis et la thésis y présentent constamment le même rapport dans toute l'étendue du poëme ou du morceau : avec ces conditions, *rigoureusement remplies*, on voit qu'il rentre dans le rhythme musical.

Quant au rhythme oratoire, c'est quelque chose de beaucoup plus vague, et que l'on ne saurait définir bien exactement : *nomen aliquod desiderat*, dit *Fab. Quintilien* (Inst. Orat. IX, 4). Ce que l'on peut en dire de plus précis, c'est qu'il consiste plutôt à éviter l'absence du rhythme qu'à rechercher le rhythme lui-même, *magis non ἄρυθμὸν quàm εὔρυθμὸν esse*. Ici, l'on ne bat plus la mesure : *oratio non descendit ad strepitum digitorum* (*Quintilien* avait dit plus haut que l'on marquait les temps par le choc des doigts : *et pedum et digitorum ictu intervalla signant*). Plus de *mesure battue*, disions-nous donc, partant plus d'*arsis* et de *thésis* proprement dites ; ces dernières expressions ne sont plus employées que pour désigner *l'élévation et l'abaissement de la voix* (Priscien, p. 1289) : *In unaquaque parte orationis arsis et thesis sunt, non in ordine syllabarum, sed in pronunciatione ; velut in hac parte* NATURA : *ut quando dico* NATU, *elevatur* VOX *et est arsis in* TU ; *quando vero* RA, *depremitur vox et est thesis*.—Ainsi, voilà l'arsis devenue l'*accent tonique* et en quelque sorte le *temps fort*, si l'on pouvait encore employer ici les dénominations de *temps fort* et de *temps faible* ; et cette inversion d'idées et de mots gagne jusqu'aux musiciens (je veux dire jusqu'aux musicographes). Ainsi *Martien Capelle* (p. 191) ne donne d'autre définition que celle-ci : *Arsis est elevatio* (*Meybaum*, p. 360, lit *elatio*), *thesis depositio vocis ac remissio*, quoique, dans le fond, il suive la doctrine d'*Aristide Quintilien*, doctrine qui n'a rien de commun avec cette définition.

Telle est, à ce qu'il me semble, la cause de l'usage qui s'est établi chez les métriciens allemands, de nommer constamment *arsis* le *temps fort*, celui sur lequel porte l'*effort* de la voix, effort qu'ils nomment *ictus*. Et ainsi, pour eux, l'arsis est toujours la première partie du pied ou de la mesure comptée à la manière de la musique moderne, ce qui définitivement donne à ces mots *arsis* et *thésis* une signification *tout opposée* à celle qu'ils avaient pour les anciens (1). M. *Boëckh* (2) a déjà signalé cette erreur qui paraît s'être établie sur l'autorité de *Bentley* et surtout d'*Hermann* ; et lui-même s'est laissé entraîner à suivre le même usage, *de peur*, dit-il, *de paraître dire le contraire de son opinion, aux yeux de ceux qui ne sont pas familiarisés avec la véritable signification des mots*. Dans cette manière de voir, chaque pied commence par le temps long et par l'arsis (*thésis des anciens*), et quand le vers débute par une brève, c'est une syllabe parasite que l'on rejette en dehors du vers, et pour laquelle Hermann a inventé le mot *anacrusis* (3).

Ce qui précède m'amène naturellement à traiter ici une question assez curieuse, et qui a même reçu une certaine célébrité de la manière paradoxale dont elle a été traitée en Allemagne. Je veux parler du rhythme de la poésie lyrique, et spécialement du système admis par l'illustre M. *Boëckh* dans sa savante édition de Pindare. Mais le sujet demande à être préparé par quelques nouveaux détails sur l'application du rhythme à la déclamation et au chant des vers latins ou grecs. Je vais en conséquence indiquer brièvement cette manière de façonner, de *mouler*, en quelque façon, ce que Varron appelle *la matière métrique*, afin de lui imprimer les formes prescrites par les lois du rhythme. A cet égard, je ne sais s'il est possible de s'exprimer mieux que ne le fait le père Mersenne dans son *Harmonie universelle* (Paris, 1636, in-fol.; VIe liv. de l'*Art de bien Chanter*, prop. 30, p. 418) : « Chacun, dit-il, doit prendre la liberté de marquer les « syllabes longues, tantost d'une minime et d'autrefois d'une « noire, ou d'une crochuë, soit toute seule ou avec un point ; « mais les notes qui suivent immédiatement après pour marquer « les syllabes briefves de la mesme diction, doivent estre de moin- « dre temps ; par exemple, si la syllabe longue a une note minime, « la syllabe briefve doit avoir une noire. Etc. »

---

(1) *Hermann* (*Elem. doctr. metricæ*, Leips., 1816, p. 14) : *Thesis ictu caret.*
(2) *De metris Pindari*, p. 13.
(3) *Anacrusin* vocamus eam partem [numeri quæ ante ictum est] quæ neque arsis est ut ictu destituta, neque thesis ut non ex ea vi quam indicat ictus, pendens : propterea quod quasi introductio quædam est ad numerum quem deinde ictus orditur (*Id., ib.*, p. 11).

Ce précepte du *P. Mersenne*, qui me paraît parfaitement exact, peut être résumé tout simplement en disant que *de deux syllabes, l'une brève, l'autre longue, qui se suivent immédiatement, la syllabe longue doit toujours recevoir, dans le travail rhythmique, une durée plus grande que la syllabe brève.* Il est évident, en effet, que, cette condition remplie, l'oreille, *judicium aurium*, n'aurait aucune raison pour refuser de *sanctionner*, suivant l'expression de *Maximus Victorinus*, la forme ainsi imprimée aux paroles, surtout lorsque son attention se trouve captivée par la symétrie de la cadence rhythmique. Au surplus, quelques exemples en diront plus là-dessus que tous les préceptes.

Rappelons d'abord que les anciens distinguaient principalement dans le rhythme du genre musical : 1° le *rhythme égal* qui correspond à notre mesure à *deux temps*; 2° le *rhythme double* ou mesure à *trois temps*; et 3° le *rhythme hémiole* ou *sesquialtere*, mesure à *cinq temps*, à peu près inconnue des modernes, et que nous passerons ici sous silence.

Cela posé, voici quelques exemples des deux principaux rhythmes, le rhythme égal et le rhythme double :

Rhythme égal, ou mesure à deux temps :

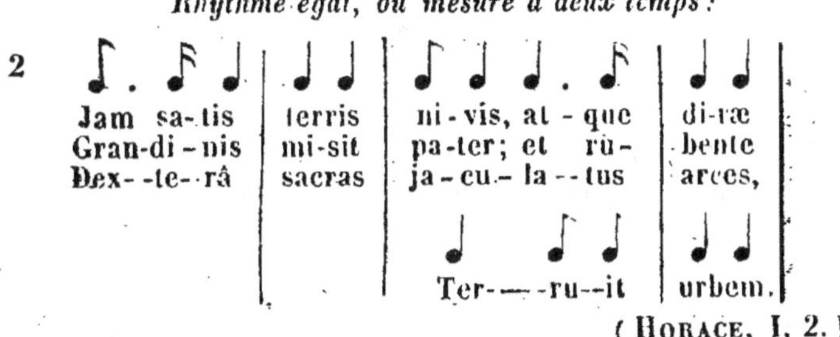

(HORACE, I, 2.)

Autre :

Etc.

(ID., 1, 4.)

Rhythme double, ou mesure à trois temps :

(Id., II, 18.)

Autre,

avec *métabole rhythmique,* c'est-à-dire passage d'un rhythme à un autre :

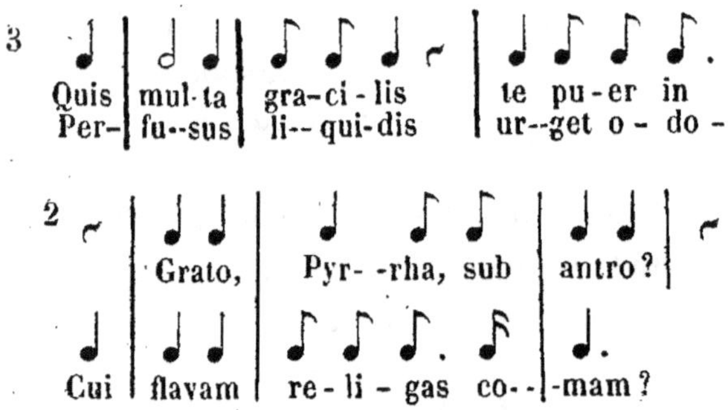

Id., I, 5.

Voici, du même rhythme double, un exemple beaucoup plus grave, tiré de SAINT AUGUSTIN (*De musica,* lib. II, cap. 12) :

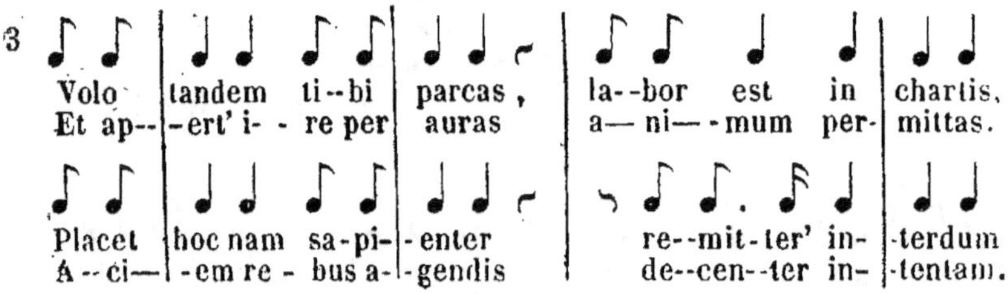

Mais, je n'en finirais pas si je voulais multiplier les exemples : j'en viens à une application plus intéressante, celle qui est relative au vers hexamètre. — Je ne m'arrêterai point à faire observer que, dans la manière ordinaire de scander ce vers, les dactyles se trouvent transformés en anapestes : c'est une chose qu'il est facile de reconnaître avec un peu d'attention (1). Mais je passe à une observation plus grave, relativement à la césure. J'ignore d'où tire son origine cette théorie qui s'est introduite dans nos écoles, et d'après laquelle la césure est définie comme étant *une syllabe longue terminant un mot et commençant un pied*. Ce qu'il y a de certain, c'est que je n'ai rien trouvé de semblable chez les grammairiens, soit grecs, soit latins ; car, dans la doctrine antique, la *césure* n'est autre chose que ce qu'indique le mot : une *coupure* ou *section* du vers, τομή, ou plus exactement encore un *segment*, κῶλον.

Voici, du reste, la définition qu'en donne ARISTIDE QUINTILIEN (p. 52) :

La césure est le premier segment du vers, lorsque la pensée qu'il exprime se trouve partagée, au delà du second pied, de manière à le diviser en deux parties inégales : Τομὴ δέ ἐστι μόριον μέτρου τὸ πρῶτον, ἐν αὐτῷ λόγον ἀπαρτίζον ὑπὲρ δύο πόδας, εἰς ἀνόμοια μέρη διαιροῦν τὸ μέτρον.

Ainsi l'on voit que, suivant Aristide Quintilien, il n'est question que d'une césure dans le vers, bien que cependant il puisse s'y trouver « plusieurs syllabes longues terminant un mot et commen-« çant un pied ». Au reste, c'est bien plutôt encore relativement à la place, aux places où se fait la césure, que la théorie moderne est fautive, je dis la théorie qui est communément admise en France, à ce que je crois du moins.

En effet, les grammairiens anciens reconnaissent *dans le vers héroïque* quatre sortes de césures, la césure de 2 pieds ½ qu'ils nomment *penthémimère*, celle de 3 pieds ½ ou la césure *hephthémimère*, la césure de deux pieds et un trochée, κατὰ τρίτον τροχαῖον, et celle enfin de trois pieds et un trochée : (je donnerai tout à l'heure des exemples). Cette dernière toutefois est rarement employée, parce que, dit *Hermann (Annot. ad Orphica, p. 692),* elle *énerve* le vers : *Quæ quia vim et robur numerorum debilitat, a melioribus poetis improbata est.* Quoiqu'il en soit, sans une de ces

---

(1) **Cf. Villoteau,** *Recherches sur l'analogie de la musique avec les arts qui ont pour objet l'imitation du langage* (T. I, p. 151).

quatre sortes de césures, il ne peut exister de vers héroïque : *Harum* (*incisionum, quas Græci* τομὰς *vocant*), dit MARIUS VICTORINUS (p. 2508), *si nullam in hexametro speciem inveneris, heroïcum versum jure ac merito negabis:......... sex enim pedum percussio versum quidem hexametrum, non tamen heroïcum, quem epicum, si legem incisionis non tenuerit, faciet.*

TERENTIANUS MAURUS (p. 2419) décide dans le même sens :

Harum si nulla est species deprensa, magistri
Versum recusant, nec vocant heroïcum.

La césure nommée *bucolique*, qui a lieu après le quatrième pied (ordinairement supposé dactyle), ne suffirait donc pas pour constituer un vers héroïque.

C'est sans doute sur cette impérieuse loi de la césure, et bien plus encore (du moins dans les vers latins) sur l'exigence de l'accent, comme je l'expliquerai tout à l'heure, qu'est fondée l'opinion de *Tyrwhitt* et de *Cleaver* (Cf. *Boëckh*, de metris Pindari, page 98). Ces auteurs pensent, avec beaucoup de raison à ce qu'il me semble, que la césure doit toujours être marquée par un repos ou temps vide d'une longue. Le nom de vers *hexamètre* ne fait nullement objection à cette manière de voir, parce que les métriciens ne mesurent que les temps syllabiques, et ainsi ne tiennent aucun compte des *temps vides.*

En conséquence donc, il faudrait scander de la manière suivante les premiers vers du deuxième livre de l'*Enéide :*

[Une particularité assez curieuse que présentent ces trois vers, c'est qu'ils fournissent justement, comme on le voit, un exemple des trois principales césures que nous avons signalées plus haut, la césure penthémimère, la césure héphthémimère, et la césure κατὰ τρίτον τροχαῖον.]

Quant à la quatrième césure admise aussi parfois dans le vers héroïque, en voici un exemple :

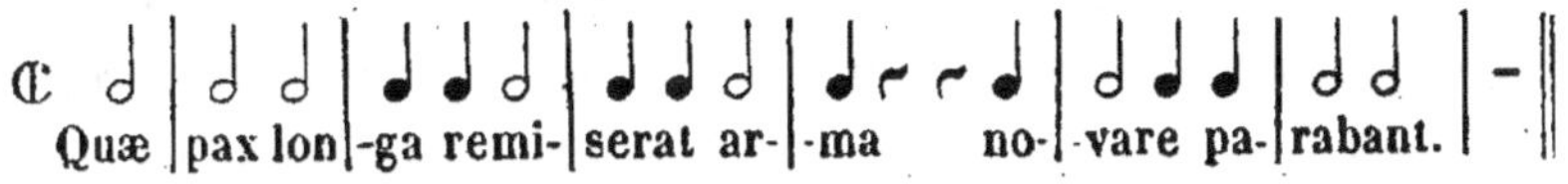

Quæ | pax lon | -ga remi- | serat ar- | -ma no- | -vare pa- | rabant.

Pour ne pas laisser incomplète cette énumération, j'apporterai encore deux exemples de la césure bucolique :

I-- | te me- æ, | fe-lix | quondam | pecus, | i e ca- | -pellæ.

Am- | -bo flo- | -rentes | æ -ta- | ti-bus, | Ar-ca-des | ambo.

Mais, je l'ai déjà dit, pour que la césure au quatrième pied soit véritablement une césure *bucolique*, il faut qu'elle vienne après un dactyle ; il ne suffit donc pas pour cela qu'elle suive un spondée (1) comme dans ces vers de Virgile si souvent cités :

Ill' | inter | sese | magnâ | vi | brachia | tollunt

In | numerum : | versant | que te-na- | --ci | forcipe | ferrum.

Au reste, il y a encore d'autres sortes de césures ; mais elles peuvent être considérées comme des exceptions ; d'ailleurs, elles sont tellement rares, que je crois pouvoir les passer sous silence.

Pour en revenir au sujet principal, on voit que, d'après cette manière de scander le vers hexamètre, l'*arsis* ou le *temps*

---

(1) Cependant Marius Victorinus (p. 2505) n'y met pas cette restriction ; et il donne pour exemple le premier vers de l'*Enéide : Arma virumque cano*, etc., où je pense que la césure naturelle est placée après *cano*, c'est-à-dire est penthémimère.

faible se trouve, dans le *premier segment du vers*, sur la *première partie du pied*, et la *thésis* ou le *temps fort* sur la *seconde partie ;* tandis qu'au contraire dans le *second segment*, après la césure, la *thésis* porte sur le *commencement du pied*, et l'*arsis* sur la *fin*. Un peu de réflexion fera sentir que, d'après les règles combinées de la versification et de l'accentuation, cela revient, pour le plus grand nombre des cas, à faire porter la *thésis sur la syllabe accentuée* : résultat dont on comprend toute l'importance (1), et d'où dépend, je crois, la bonté du vers, ce qui m'engage à insister un peu sur cet objet.

C'est qu'en effet, la *quantité*, le *rhythme* et l'*accent*, sont trois attributs de la parole, je ne dis pas de la parole chantée, mais de *la parole parlée*, bien distincts les uns des autres, et qu'il faut se garder de confondre. Je ne saurais donc partager cet avis, qu'il est impossible de faire sentir l'accent d'une syllabe sans augmenter sa durée : car, lorsque je prononce le mot ἁρμονία, je puis faire sentir l'accent sur la syllabe νί sans l'allonger le moins du monde. L'accent ne réside pas davantage, comme quelques-uns le soutiennent, dans une élévation du ton : je puis prononcer ce même mot ἁρμονία, soit tout aussi bien en abaissant la voix sur la syllabe νί, qu'en l'élevant, ou même en la maintenant en place :

ἁρμονία,   ἁρμονία,   ἁρμονία.

On reconnaîtra, en effet, si l'on y réfléchit, que l'accent n'est autre chose qu'un *coup de gosier* donné sur la syllabe, ce que les Italiens désignent par le mot *sforzato*.

Ainsi, en prononçant les mots *arma virumque cano*, il dépend

---

(1) C'est, par exemple, ce que l'on reconnaît presque partout dans ces beaux vers qui commencent le sixième livre de l'*Énéide :*

    Sic fatur lacrymans, — classique immittit habenas :
    At tandem Euboicis — Cumarum allabitur oris.
    Obvertunt pelago proras : — tum dente tenaci
    Anchora fundabat naves, — et littora curvæ
    Prætexunt puppes ; juvenum manus — emicat ardens... Etc.

entièrement de moi, sans altérer en rien la quantité, de faire sentir l'accent, à volonté, soit sur la première syllabe de chaque pied :

Arma vi--rum que ca--no ;

soit sur la deuxième :

Arma vi--rum que ca--no ;

soit enfin sur la troisième :

Arma vi--rum que ca--no.

Il est évident d'ailleurs que la nature de l'accent ne se distingue pas moins de celle de l'arsis et de la thésis, s'il est vrai que l'arsis ne soit que l'antécédent et la thésis le conséquent d'un même pied ; et c'est ainsi que, dans la musique moderne, suivant une opinion soutenue avec quelque raison par certains auteurs, nos barres, annonçant le temps fort, ne servent qu'à distinguer les deux parties d'une même mesure, le temps faible qui précède, du temps fort qui suit, au lieu de séparer, suivant la commune manière de voir, les mesures complètes les unes des autres (1).

En résumé, ce qui prouve surabondamment que la quantité, le rhythme, et l'accent, sont trois choses complétement distinctes, c'est que la musique moderne possède autant de signes égale-

---

(1) Ainsi, dans cette phrase mélodique  la première mesure serait *sol ut mi*, la seconde *mi ré*, la troisième *ré ut*. Les mesures seraient alors séparées par ce que *Fab. Quintilien* (IX, IV) nomme *quoddam in divisione verborum tempus latens*, c'est-à-dire par une pause imperceptible, comme il en place une au milieu du vers pentamètre.

ment distincts pour caractériser ces trois attributs , comme il doit être suffisamment clair d'après ce qui précède (1).

J'ajouterai ici une remarque bien propre à faire sentir l'influence de l'accent dans la versification, influence qui me paraît beaucoup trop négligée dans les traités de métrique , si même elle ne l'est entièrement.

On cite ce vers qui paraît tomber à chaque pied :

Similes nobis volumus pueros edere matres ;

et cependant, on reconnaîtra que l'oreille n'en est nullement choquée, pourvu qu'on le lise convenablement :

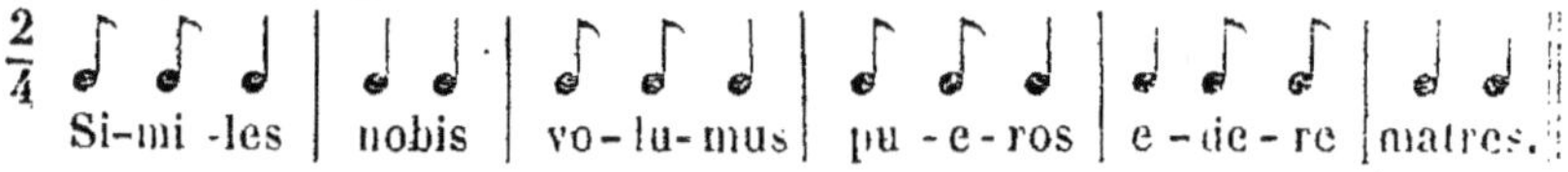

Si-mi -les | nobis | vo-lu-mus | pu - e - ros | e - de - re | matres.

Que dire sur ce paradoxe ? il s'explique, si je ne m'abuse , par cette observation, que l'accent se trouvant sur la première syllabe de chaque pied , indique par là même la place naturelle de la thésis. Le vers n'est donc point véritablement anapestique , mais dactylique catalectique avec anacruse ; et alors, la fin du mot se trouvant constamment à l'arsis , c'est-à-dire sur l'antécédent du rhythme, relève par là même le vers au lieu de le faire tomber.

C'est par un renversement opposé, et j'ose dire mal entendu , qu'*Hermann* (Elementa doctr. metr. Leips. 1816, p. 23), imaginant d'interdire au temps faible une longueur plus grande que celle du temps fort, comme j'ai déjà eu l'occasion de le dire plus haut, supprime d'un mot le vers ïambique, puis établit en sa place un vers trochaïque inverse avec anacruse , lequel finit par l'arsis quand il est acatalectique (Boëckh, De metris Pindari, p. 120), c'est-à-dire, en d'autres termes : *se termine irrégulièrement justement alors qu'il est parfait !*

Puis-je craindre de me tromper en affirmant que c'est là méconnaître entièrement l'esprit de la versification ancienne ? Comment retrouver, dans la prétendue loi d'*Hermann*, cette légèreté

---

(1) Cf. C. Fr. Loeber, *De modo quo veteres Græci Romanique versus suos recitaverunt* (Hersfeld, 1833).

du vers *trochaïque* ou *choréïque*, qui le rend si propre à marquer le rhythme de la *course* ou de la *danse* (d'où lui vient son double nom), légèreté qu'il doit à ce que, sur trois temps de durée, le pied y est levé deux temps et posé le *troisième* seulement, tandis que l'*ïambique*, son opposé ou *antipathique* (τροχαῖος ἀντιπαθεῖ τῷ ἰάμβῳ, Hephest. (1)), par sa marche lourde et pesante, le pied y posant deux temps sur trois, est si propre à exprimer la marche d'une armée qui s'avance en combattant, ce qui, suivant Diomède (p. 473), lui a fait donner le nom de *gradalis*, par allusion à *Mars Gradivus*? Telles sont les conséquences où conduisent les abus de la métrique, l'oubli des vrais principes de la théorie du rhythme, et j'ajouterais volontiers : la perte des traditions et du sentiment de l'art antique.

Je crois ne pouvoir mieux terminer ces considérations générales sur le rhythme, qu'en disant, à titre d'application, et comme je l'ai annoncé, quelques mots sur le système de M. Boëckh, à l'égard de la versification de Pindare.

L'axiome Πᾶν μέτρον εἰς τελείαν περατοῦται λέξιν — *Tout vers doit finir par un mot entier* (Héph., p. 26, l. 16) — est, comme on le sait, la base sur laquelle est fondé ce système, et le principe d'où son auteur est parti pour soumettre à une nouvelle coupe, depuis le premier jusqu'au dernier chant du Prince des lyriques, donnant en cela un démenti formel à la tradition qui nous les avait enseignés sous une tout autre forme. Mais d'abord, un autre axiome, bien plus capital encore que le précédent, établit comme juge de la qualité du vers, *la sensation*, *l'oreille* : Μέτρον ἐστὶ ποδῶν ἢ βάσεων σύνταξις, αἰσθήσει τῇ δι'ἀκοῆς παραλαμβανομένη (Λογγίνου προλεγ. p. 138); d'où déjà l'on peut conclure que la longueur du vers doit être telle, que l'impression produite par son commencement sur l'organe de l'ouïe, ne soit pas entièrement effacée lorsqu'arrive celle de la fin ; et l'on peut ajouter ici avec Cicéron (*De Orat.*, liv. III, chap. xlviii, 184) : « Necessitas cogit, et ipsi numeri ac

---

(1) *Aristote* (Rhét., III, ch. viii) témoigne aussi de cette opposition de rhythme.

« modi, sic verba versu includere, ut nihil sit, ne spiritu quidem
« minimo, brevius aut longius quam necesse est. » Cependant,
sans examiner si ce ne serait pas déjà là une réfutation suffisante
d'un système qui ne recule pas devant des vers de plus de soixante-
syllabes brèves (*dernière isthmique*), et qui ne reculerait pas devant le double et le triple, alors qu'Aristide Quintilien nie la
possibilité de sentir la cadence d'un rhythme de plus de vingt-
cinq temps (p. 35), proposons-nous les questions suivantes :

Un vers lyrique ou rhythmique et un vers épique ou métrique
(μέτρον τέλειον) sont-ils dans les mêmes conditions de structure ; et
le même *criterium* leur est-il applicable ? L'oreille peut-elle appré-
cier les qualités d'un vers lyrique lorsqu'elle l'entend seulement
déclamer ? En un mot, un vers lyrique non chanté, mais simplement prononcé, est-il encore un vers ?

A cet égard, écoutons encore Cicéron (*Orat.*, chap. LV, 183) :
« A modis quibusdam cantu remoto, soluta esse videtur oratio,
« maximeque id in optimo quoque eorum poëtarum qui λυρικοί a
« Græcis nominantur, quos cum cantu spoliaveris, nuda pæne
« remanet oratio. Quorum similia sunt quædam etiam apud nos-
« tros,.... quæ, nisi cum tibicen accessit, orationi sunt solutæ
« simillima. »

Que signifie ce passage ? Que l'*ode*, ᾠδή, le *chant lyrique*, se
compose de trois éléments distincts, mais essentiellement inséparables : les *paroles*, la *mélodie* et le *rhythme ;* le rhythme, enten-
dez-vous ? qu'il faut bien distinguer du mètre. Supprimez un quel-
conque des trois, il n'y a plus d'ode. Aussi voyons-nous Fab.
Quintilien (IX, IV, p. 445, Londres, 1641) se plaindre des grammairiens qui cherchaient à trouver une mesure dans les paroles
des vers lyriques : « In molestos incidimus grammaticos, » dit-il,
« qui lyricorum quædam carmina in varias mensuras coëgerunt; »
et à ce compte, il n'y a pas de prose que l'on ne puisse,
ajoute-t-il, détailler en quelque espèce de petits vers : « Nihil est
« prosa scriptum, quod non redigi possit in quædam versiculorum
« genera. »

C'est encore ce que nous voyons dans Denys d'Halicarnasse
parlant du style de Platon (*De adm. vi dic. Dem.* c. XLVII) : Ταῦτα

καὶ τὰ ὅμοια τούτοις, ἃ πολλά ἐστιν, εἰ λάβοι μέλη καὶ ῥυθμοὺς, ὥσπερ οἱ διθύραμβοι καὶ τὰ ὑπορχήματα, τοῖς Πινδάρου ποιήματι δόξειεν ἄν.

« Prenez, dit ailleurs le même écrivain (Περὶ συνθ. p. 258), prenez tel poëme de Simonide ; supprimez les coupures qu'y a établies Aristophane ou tel autre, et n'y faites d'autres divisions (διαστολάς) que celles de la ponctuation ordinaire : le rhythme disparaîtra entièrement ; vous ne distinguerez plus ni strophe, ni antistrophe, ni épode ; vous n'apercevrez plus qu'un discours en prose. »

Enfin, Horace (liv. IV, od. II) : ..... *numerisque fertur*
Lege solutis.

Cessons donc, pour le dire en passant, cessons de nous étonner que la mesure des vers lyriques, grecs ou latins, privés de leur musique, c'est-à-dire de leur élément le plus vital, ne nous affecte pas comme celle des vers épiques : pouvons nous y trouver ce que les anciens eux-mêmes n'y trouvaient pas, ce qui n'y est réellement pas ?

Concluons : les vers lyriques proprement dits, sont, comme vers, inséparables de la Musique. Prétendre trouver *à priori* la coupe d'une strophe dont on n'a pas la musique, c'est courir après l'impossible. Le seul parti raisonnable est, suivant nous, de s'en rapporter à la tradition.

Mais alors, comment concilier le principe d'Héphestion avec les nombreuses coupures de mots que nous trouvons dans ces éditions ?

A cette objection, il y a plusieurs réponses.

D'abord, le principe d'Héphestion n'est pas tellement absolu, que ce grammairien (Héph. *Gaisf.*, pag. 27 et 235) ne soit obligé de reconnaître lui-même, et M. Boëckh après lui (p. 82 et 324), que les poëtes l'ont souvent transgressé (1). Or, à qui, des poëtes ou des grammairiens, appartient le droit d'établir les règles de l'art ?

Ensuite, dût-on ne considérer ces transgressions que comme

---

(1) Il est nécessaire d'observer qu'aucune des exceptions citées par Héphestion n'est empruntée aux lyriques : c'est que là, en effet, ce ne sont plus des exceptions.

des licences, il n'en résulterait pas moins la conséquence, que ces exceptions n'ont certainement rien d'antipathique au génie de la langue et de la versification, et qu'à titre de licence, elles doivent être admises sans aucune difficulté, dans le genre de composition où les licences sont le plus largement tolérées.

En troisième lieu, il est certain que les poëmes de Pindare, bien que partagés en strophes et antistrophes parfaitement caractérisées et déterminées, admettent néanmoins, d'une strophe à l'autre, des enjambements de plusieurs mots ou portions de phrases. Or, ne s'ensuit-il pas évidemment qu'admettre d'un vers à l'autre des enjambements de syllabes ou portions de mots, ce n'est qu'être conséquent, d'autant mieux que ce partage de mots n'avait lieu que pour l'œil, et que la liaison des diverses parties du chant le dissimulait entièrement à l'oreille?

Cette raison se trouve d'ailleurs puissamment fortifiée par les paroles de F. Quintilien (*Inst. Orat.* IX, IV, p. 444) : « Sunt et illa « discrimina, dit-il, quod rhythmis libera spatia, metris finita sunt; « et his certæ clausulæ, illi quomodo cœperant currunt usque ad « μεταβολὴν, id est transitum in aliud genus rhythmi. »

Je termine par une raison après laquelle il serait permis, je crois, de considérer toutes les autres comme superflues : « Si l'on « remarque, dit Mallius Théodorus (*préf.*, p. 5, Leyde, 1766), si « l'on remarque chez les poëtes lyriques ou tragiques, des procé- « dés qui s'écartent des règles communes de la métrique, que l'on « cesse de s'en étonner, et les plus doctes écrivains l'ont dit avant « nous : *Ce ne sont pas des mètres, mais des rhythmes.* » Or, je m'em- pare de ce raisonnement, et je dis : La règle d'Héphestion est établie pour les mètres proprement dits : πᾶν μέτρον.....; or, les poëmes de Pindare ne sont pas des mètres (1) : « *non metra, sed* « *rhythmos.* »

---

(1) Pour de plus amples détails, nous renvoyons au tome XVI, 2ᵉ partie, des *Notices et Extraits des Manuscrits de la Bibliothèque du Roi*. On y trouvera (pages 197 et suiv.) une théorie du rhythme, beau- coup plus complète que celle que nous donnons ici, et (page 158) l'exa- men des opinions de M. Bœckh sur la mise en musique de la première pythique de Pindare.

Imprimerie de Paul Dupont, Hôtel
des Fermes, à Paris.